读客外国小说文库

熊猫君激发个人成长